AKA MORCHILADZE

SANTA ESPERANZA

INHALTSVERZEICHNIS DES HERUMTREIBENS

Pendo

Aka Morchiladze

Santa Esperanza

Aus dem Georgischen übersetzt
von Natia Mikeladse-Bachsoliani

Pendo München und Zürich

Inhaltsverzeichnis des Herumtreibens, der Spielkarten und tausenderlei anderer Dinge

Zur aufmerksamen Lektüre unentbehrlich für jene, welche sich entschlossen haben, diese Hefte zu lesen. Denn eben hier sind alle möglichen Verzeichnisse des in Hefte unterteilten Buches angegeben. Ohne diese Angaben findet man keinen Anfang und kein Ende, obwohl weder Anfang noch Ende unbedingt verstanden werden müssen.

Bei meinem ersten Besuch auf Santa Esperanza, das heißt auf den Johannesinseln, im Jahre 1997, verbrachte ich dort nur vier Tage. Es war eine spontane Entscheidung, von Istanbul aus auf diese Inseln zu reisen. Dabei hatte ich für einen längeren Aufenthalt weder Geld noch Zeit. Mein Vorhaben wurde durch die vereinfachten Einreisebestimmungen erheblich unterstützt. Wie in vielen anderen touristenreichen Ländern konnte man sich auch hier bis zu zwei Wochen ohne Visum aufhalten. Erst danach musste man mit seinem Reisepass in der Hand die örtlichen Behörden aufsuchen und eine Erklärung abgeben, wie lange und aus welchem Grund man länger bleiben wollte. Falls man arbeiten wollte, musste man einen Nachweis der Arbeitsstelle vorlegen etc.

Ich konnte damals nur vier Tage in Santa City, auch Saint-John-Zitadelle genannt, bleiben. Nach sieben Jahren habe ich mich erneut dorthin begeben, obwohl die Einreise im Vergleich zum ersten Mal wesentlich mehr Mühe kostete. Natürlich waren die vereinfachten Einreisebestimmungen für Touristen gesetzlich immer noch in Kraft. Laut diesem Gesetz konnten aber nur Bürger des Europas mit aufgelösten Grenzen und Großbritanniens problemlos in das Land einreisen. Alle anderen Reisenden mussten sich vorher um ein Visum bemühen, ohne das sie nicht einmal zwei Wochen bleiben durften.

In Europa hat man schon fast vergessen, was ein Visum bedeutet. Man bewegt sich ungehindert auf dem eigenen Kontinent. Wer aber einen georgischen Pass in der Tasche hat, ist gezwungen, bei jeder Ein- und Ausreise tausend sinnlose Formulare auszufüllen, in denen zuweilen die eigene Augenfarbe nachzuweisen oder wahrheitsgetreu zu beantworten ist, wer einem die Koffer gepackt hat, die Ehefrau oder die Geliebte, und ob man bei dieser Prozedur anwesend war. Es könnte schließlich sein, dass einem die eigene Frau heimlich eine Handgranate oder Giftkapseln in die Innentasche des Koffers gesteckt hat. Der Besitzer eines solchen Passes ist auch gezwungen, auf irgendeinem Papier seinen Aufenthaltsort und die genaue Adresse anzugeben sowie die Mittel, über die er für die Reise verfügt, und so geht das endlos weiter.

Weiß aber ein Reisender vorher, wo ihn die Nacht überraschen wird?

Die Aufgabe des Reisenden ist ja das Reisen selbst. Es sieht nun aber einmal so aus, dass man es als Nichtbürger des Europas mit aufgelösten Grenzen beim Reisen schwer hat. Dieses Europa mit aufgelösten Grenzen fragt einen ja, warum man überhaupt reist. Als Antwort darauf deklariert man auf diversen Unterlagen sein Einkommen.

All das ist verständlich. Aber Santa Esperanza gehört nicht zum Europa mit aufgelösten Grenzen, sondern liegt im Schwarzen Meer. Dort herrschte Krieg und die Einreisebestimmungen für die Europäer von außerhalb des Europas mit aufgelösten Grenzen wurden wahrscheinlich deshalb verschärft, um das unbeschränkte Hineinströmen von Menschen in das eigene Land eindämmen zu können.

Wo aber kann man ein Visum für Santa Esperanza erhalten? Dieses winzige Land hat nicht einmal in Russland, geschweige denn in Georgien ein Konsulat oder eine Botschaft. Die Antwort darauf findet man im Internet auf der Touristenseite von Santa Esperanza. Ich suchte sie dort und wurde fündig.

Es stellte sich heraus, dass das Land keine Botschaften besaß. Wie bei vielen anderen, ehemals von den Briten besetzten Ländern, die dem Britischen Staatenbund angehörten, sitzt auch von diesen drei kleinen Inseln ein Hoheitskommissar in London, welcher zugleich den Botschafterstatus innehat. Ebenso sitzt ein Vertreter der Briten in Saint-John-Zitadelle. Wenn man sich in Istanbul gut umschaut, findet man auch dort einen Menschen, der als Konsul von Santa Esperanza gilt und einem nichteuropäischen Europäer (der sich vielleicht nicht einmal Europäer nennen darf) ein Visum erteilen kann. Die Position dieses Mannes wird auch als Hochkommissar bezeichnet.

Da ich mir fest vorgenommen hatte, die Inseln erneut zu besuchen, hatte ich bereits meine Ersparnisse zusammengekratzt. Ich wollte vermeiden, extra von Tiflis nach London zu fliegen, mich also zuerst um ein Visum für dort zu bemühen, um mich dann vor Ort noch wegen eines Visums für die Johannesinseln abzuplagen. Aus diesem Grund begab ich mich auf umständlichem Weg, jedoch mit problemlosem Grenzübergang, nach Istanbul, um den Ort aufzusuchen, wo der erwähnte Kommissar seinen Sitz haben sollte.

Der Kommissar liebte die Georgier nicht. Um es europäischer auszudrücken, er mochte die Georgier nicht. Sicher gab es dafür einen Grund, den zu offenbaren er sich nicht bemühte. Es ist erstaunlich, denn er selbst war Georgier, sprach aber dennoch englisch mit mir.

Im Gespräch verwendete ich zwei, drei georgische Wörter, die mir auf Englisch entfallen waren. Er erwiderte auf Englisch, dass er dieses Georgisch nicht verstünde, weil er johannisch spräche.

Er bestellte mich in drei Stunden wieder zu sich und fragte mich mindestens zwanzig Minuten lang aus, was ich unternehmen wollte und wozu ich unbedingt ein sechsmonatiges Visum benötigte. Ich beantwortete seine Fragen, so gut ich konnte, hatte aber das Gefühl, ein Examen abzulegen, in dem er mich über die Geschichte seines Landes ausfragte. Meine Antworten waren etwas vage, denn das Einzige, was ich bis dahin über die Geschichte dieses Landes gelesen hatte, war eine Broschüre von Nebieridse. Es stellte sich aber heraus, dass er das Visum längst ausgestellt und es auch schon in den Pass gestempelt hatte.

Endlich gab er mir den Pass zurück und riet mir, mit dem Schiff zu reisen, was auch wirklich viel günstiger war.

So bin ich zum zweiten Mal auf die Johannesinseln gekommen und blieb dort ein halbes Jahr.

Die letzten zwei Monate lebte ich in einer Mietwohnung im Strandviertel.

Bei meiner Abreise war es schon Februar. Doch der Winter ist dort wunderbar, und man vergisst die Kälte vollkommen. Nur die Feuchtigkeit kann einem die Knochen erweichen, aber hauptsächlich in der Nähe des Meeres und weniger im Stadtzentrum. Das Meer ist stürmisch und in zwanzig Schritten Entfernung entlang des Ufers fällt fast immer eine Art feiner Nieselregen. Die Sonne scheint selten, aber dafür sehr angenehm. So ist der Winter in Santa City.

In diesem halben Jahr wurde ich fast zum Einheimischen. Das Genuesische und das hier gebräuchliche Türkisch erlernte ich mit Mühe so weit, dass ich eine glatte Drei dafür bekommen hätte. Dagegen machte ich im Johannischen solche Fortschritte, dass es mir, ehrlich gesagt, viel mehr Spaß macht, diesen georgischen Dialekt zu sprechen als unser Georgisch.

Ich hatte in dieser Zeit viele Freunde gewonnen und der Abschied fiel mir wirklich schwer. Ich mailte meiner Frau oft, ich hätte einen guten Platz gefunden und wir könnten hierher ziehen. Eine Arbeit hätte ich sehr leicht gefunden und würde diese auch weiterhin finden. Meine Frau aber schickte mir Nachrichten, was in Georgien alles los sei und dass das Volk auf den Straßen demonstriere. Natürlich machte ich mir Sorgen deswegen, aber wisst ihr, in was für einer Stadt ich auf Santa Esperanza lebte?

Ich lebte in einer Stadt, die ein Jahr zuvor einen Krieg durchgemacht hatte, aber in der nun keine Spur mehr davon zu sehen war. Saint-John-Zitadelle, im Volk nur Santa City genannt, ist eine Stadt, die alles verdauen kann. Nicht durch Bosheit und Kampf, sondern wegen ihrer Unsterblichkeit und ihres Zaubers. Denkt nicht, ich sei ein Tourist. Auch wenn ich mich wie ein Tourist ausdrücke, kenne ich alles von innen. Ich wollte mir schon immer eine Stadt ausdenken, diese aber hat man sich bereits ausgedacht. Das hatte ich gleich bei meiner ersten Stippvisite begriffen und ich dachte in den folgenden Jahren immer von Neuem darüber nach, wie ich wieder hierher kommen könnte.

Ich kam wieder, war aber eigentlich schon auf dem Rückweg über das Meer, bis Trabzon und von dort aus nach Georgien.

Die Rückkehr fiel mir schwer, obwohl mir meine Leute auch sehr fehlten. Sie waren es schon gewohnt, dass ich zeitweise verschwand und wer weiß wann zurückkehrte. Ich musste also zurück und begann, wie ein ordentlicher Mensch, fast zehn Tage vor der Abreise meine Siebensachen zu ordnen.

Ich habe in meinem Leben noch keinen Tag verbracht, ohne etwas zu schreiben. Auf den Johannesinseln gibt es sehr schöne dünne Hefte, mit schicken Umschlägen. Sie erinnerten mich an die zwölfseitigen Hefte, die es in meiner Kindheit gab, nur waren sie etwas schmaler. Ich hatte fast zweihundert solcher Hefte mit verschiedenen Geschichten gefüllt. Die Geschichten hatte ich teilweise aus den hiesigen Geschichtsbüchern verkürzt abgeschrieben oder aus Zeitungen ausgeschnitten. Alles, was man mir erzählte, schrieb ich auf. Was man mir aber nur zur Hälfte erzählte oder ohne Schluss, beendete ich selbst. So sind eine Menge Geschichten zusammengekommen. Das ist selbstverständlich, denn ich erfuhr viel und schrieb und schrieb. Diese Geschichten waren ganz unterschiedlich, etwas von diesem und etwas von jenem. Beim Zuhören und Aufschreiben dachte ich mir eine Menge dabei und bin, so glaube ich, hinter die Lebensweise der Johannesen gekommen.

Als ich diese Hefte schließlich zählte, waren es genau einhunderteinundvierzig, also ein ordentliches Stück Gepäck. Ich konnte mit meiner alten Gewohnheit, der Vorliebe für neue und unbeschriebene Hefte, nicht brechen. Ich muss unbedingt in ein leeres Heft schreiben, und bloß nicht in ein schon beschriebenes. Deshalb sind so viele Hefte zusammengekommen. Sie waren auch billig, nur drei Pence das Stück. Zusammengezählt kamen alle auf nicht mehr als drei hiesige Pfund.

Wenn ich jetzt nicht aufhöre, von den Heften zu sprechen, nimmt das kein Ende. Das Wichtige dabei war, dass ich für diese Hefte eine Methode gefunden habe. Alles fing mit dieser Methode an, sonst hätte ich aus den Heften nie ein Buch binden können, mir wäre das auch nicht eingefallen. Ich hatte das Material nun einmal gesammelt, und der Plot eines Buches entsteht ja durch Gesammeltes. Nach meiner Überlegung musste nun die Fiktionalisierung beginnen. Das dauert bei mir immer sehr lange, manchmal zwei bis sieben Jahre. Danach schreibe ich gewöhnlich alles sehr zügig nieder.

Fünf Tage vor meiner Abreise schenkte mir ein Freund eine Packung Spielkarten. Spielkarten werden auf der Insel am häufigsten geschenkt und sind das gängigste Souvenir. Die Geschenkpackungen und die echten Spielkarten ähneln sich jedoch kaum. Man verlässt Santa Esperanza unmöglich ohne solch ein Geschenk. Ich wollte in den letzten Tagen selbst Karten kaufen, aber die Souvenirexemplare haben je nach Ausführung ihren Preis. Eine besondere Erinnerung kann man nur teuer erwerben. Jene, die nach meinem Geschmack waren, konnte ich mir nicht leisten, bei den einfachen aber fiel es mir schwer, eines auszuwählen. Ich hätte es nicht bis zuletzt aufschieben sollen, Sie kennen das vielleicht?

Bevor ich mich entschieden hatte, schenkte sie mir mein Freund: Er warf die Packung einfach im Café vor mich auf den Tisch und sagte, diese Karten gehörten mir. Ich solle sie gebrauchen, wie es mir beliebe.

Es waren sehr teure Karten, was mir äußerst peinlich war. Eine Siebenhundertpfundpackung verschenkt man nicht einfach so.

Ich wollte sie bezahlen, aber er drehte die Packung um und zeigte mir eine Inschrift: Es ist hiesiger Brauch, dass auf der Packung häufig der Name des Besitzers steht, was jedoch nur möglich ist, wenn die Karten von einem Meister seines Faches auf Bestellung angefertigt werden.

Er beruhigte mich, dass dieses Geschenk schon vor anderthalb Monaten bestellt worden sei und er es nicht allein bezahlt hätte, sondern alle Jungs aus dem Club sich daran beteiligt hätten.

Ich war häufiger Gast in diesem Club. Mein Freund hieß kleiner Matalo und war der Sohn des Clubbesitzers. Deshalb sagten sie mir noch im Herbst, ich solle die Karten nicht selbst kaufen, ich wüsste sie nicht gut auszuwählen.

Trotzdem war es mir etwas peinlich, auch wenn ich mich gewaltig freute, denn der Preis und die Qualität der Abbildungen zeugten davon, dass man mich für keinen allzu primitiven und gemeinen Typen hielt. Dann kehrte ich nach Georgien zurück und flog, nach einer Woche Aufenthalt in Tiflis, nach London. Das soll euch nicht wundern.

Ich begriff, dass ich das Buch bereits geschrieben hatte. Und als ich dies bemerkte, begriff ich auch, dass ich in Tiflis ein Jahr für etwas benötigen würde, was anderswo in einer Woche vollendet ist.

Ich hatte fast kein Geld mehr, aber ein Ehepaar, gute Freunde, gewährten mir Unterschlupf in einem Randbezirk der Großstadt. Ich werde sie hier nicht namentlich erwähnen, das haben sie nicht nötig. Sie nehmen mich immer auf, wenn ich kurz davor bin, völlig durchzudrehen, und ich meine Heimatstadt vor lauter Liebe zu hassen beginne.

Als ich nach London flog, war mir das Wichtigste

schon klar. Das aber war die bereits erwähnte Methode, die ich mir nach Mitternacht im Strandviertel überlegt hatte.

Damals brachte mich Monica nach Hause und sagte, sie würde bei meiner Abreise zum Hafen kommen. Sie ist ein guter Kumpel und überhaupt ein tolles Mädchen, die, wie es dort heißt, durch einen Spiegel hinein- und hinausgehen könnte. Trotzdem verabschiedete sich Monica von uns immer mit den Worten:

»Bei Männern habe ich kein Glück.«

Ich trat also in mein Zimmer und betrachtete – halb liegend – die Karten. Ich hatte auch Jessica de Riders Roman »Das Tal des farbigen Wassers« vor mir liegen, zog es aber vor, die Spielkarten anzuschauen – ich hatte das Geschenk am Nachmittag bekommen und es bis dahin noch nicht geöffnet.

Ich hatte schon eine Menge Spielkarten auf der Insel gesehen, aber diese waren irgendwie anders. Das Wichtige an der Sache ist, dass das auf der Insel verbreitete Kartenspiel Inti nirgendwo anders gespielt wird. Die Inti-Karten unterscheiden sich vom gängigen französischen Spielblatt durch verschiedene Symbole und die verloren gegangene Bedeutung der Farben. Es gibt also kein Rot und Schwarz.

Im esperantinischen Kartenspiel gibt es auch vier Symbole, allerdings nicht Herz, Karo, Pik und Kreuz. Deren Stelle hat die dortige Ethnografie mit ihrer Symbolik eingenommen. Und die Farben werden durch Weinrebe, Brombeere, Distel und Säbel ersetzt.

Was ein Säbel unter so viel Pflanzenzeugs soll, weiß ich inzwischen ganz gut. Die Weinrebe bedeutet gleichzeitig Weintraube, die Brombeere steht für eine Beere der Brombeere, die Distel aber für eine stachlige, schreckliche Blume, die bei uns auf dem Land am Wegrand sehr hoch wächst und als Unkraut gilt. Das hiesige Kartenspiel besteht aus 36 Karten. Um richtig spielen zu können, braucht man jedoch zwei Packungen, also 72 Karten.

Ich kann nicht näher auf die Spielregeln eingehen, da ich sie selbst kaum kenne. Sicher ist, dass alle vier Farben jeweils aus neun Karten bestehen. Es gibt weder König noch Dame, Ass oder Bube, dafür aber vier Frauen, vier Männer, vier Rinder und viele andere Dinge. Schultheiß, Trinkhorn und Boot. Den Standardkarten Herz und Karo, die als gute und hübsche Farben gelten, entsprechen im Inti-Blatt die Weinrebe und die Brombeere. Die beiden anderen werden als schlechte und böse Farben bezeichnet.

Ich schaute mir die Karten an.

In Santa City ist die Spielkartenmalerei eine hohe und wahre Kunst. Die Bilder sind so schön und anziehend wie aus einer anderen Welt. Beim Betrachten dieser Bilder musste ich an Pirosmani* denken. So, wie die Bilder gemalt waren, musste man einfach an ihn denken. Jeder

* Niko Pirosmani – gebürtig Nikolos Pirosmanaschwili, 1862-1918, georgischer Maler

Meister hat seinen eigenen Stil, kann aber auch im Stile der anderen malen. Ich war selbst in den Werkstätten gewesen, in denen man spezielle Spielblätter als Geschenkexemplare anfertigt. Ich habe die Karten so lange betrachtet, dass ich dabei sogar einnickte. Dann habe ich sie nach Symbolen und Farben auf den Tisch gelegt. Ich weiß nicht, warum, aber ich legte zuerst die Weinrebenkarten, dann die Brombeeren, dann die Disteln und zuletzt die Säbel in Reihen hin, von der Eins bis hin zum Mann. Dabei entstand ein längliches, viereckiges Bild. Die Geschenkblätter sind gewöhnlich größer als die Spielblätter. So ausgelegt, sahen sie noch viel schöner aus, wie ein einziges Bild.

Das ist verständlich, denn man malt die Geschenkblätter auf einen großen Karton und schneidet ihn danach in sechsunddreißig Teile. Früher wurden die Kartenblätter jedenfalls so hergestellt und dieses Prinzip dürfte in den Fabriken heute noch angewendet werden. Ich weiß es jedoch nicht genau.

Also gibt es zuerst ein Bild, das nachher zerschnitten wird.

Im Strandviertel schläft man im Winter mit dem Geräusch der Wellen ein. Bis man einschläft, denkt man an viele angenehme Dinge. Auf der Porta Nova ist es im Winter so, dass … aber davon erzähle ich nichts mehr. In solch einem halbschläfrigen Zustand überlegte ich mir, dass es von Vorteil wäre, meine gesammelten Hefte auch so anzuordnen wie jene Karten auf dem Tisch. Jedes Heft sollte ein Bild der Spielkarten zugeordnet bekommen: pro Heft ein Bild.

Damals wusste ich noch nicht, dass ich das Buch eigentlich schon geschrieben hatte. Ich überlegte mir, die Geschichten als Hefte bestehen zu lassen und die johannischen Spielkarten auf den Heften zu verewigen. Ich begriff, dass dies nur der Anfang meines Vorgehens war. Wenn man so etwas ausgedacht hat, findet sich auch eine Fortsetzung.

In Trabzon traf ich meinen Freund Ahmed Kaya. Er kam von Istanbul aus extra dorthin, nachdem ich ihn angerufen hatte. Wir sehen uns sonst kaum, und warum soll man sich da noch voreinander verstecken?

Als Kinder haben wir zusammen in einer Basketballmannschaft gespielt. Später ist er weggezogen und wurde zu Ahmed Kaya. Auf dem Weg nach Esperanza traf ich ihn in Istanbul nicht an, wer weiß, wo er sich herumtrieb.

Ahmed Kayas schwieriges, vergangenes Leben werde ich hier nicht beschreiben. Als wir in der Kneipe genügend gelacht hatten, denn wir hatten uns nacheinander gesehnt und lachten deshalb viel mit- und übereinander, erzählte ich ihm diese Geschichte. Das geschah unwillkürlich, denn wenn man etwas auf dem Herzen hat und es lange niemandem erzählen kann, versucht man, es dem Erstbesten mitzuteilen. Ahmed Kaya war keine Zufallsbekanntschaft, sondern ein Kumpel, also war klar, dass ich drauflosredete.

Ahmed Kaya hatte zwar von den Inseln gehört, war aber selbst noch nie dort gewesen. Er hatte einen türkischen Pass und konnte leichter als ein Georgier dorthin reisen. Er schlug mir vor, ein andermal mit ihm zusammen hinzureisen. Er wollte mich in Tiflis anrufen. Wir vereinbarten das fürs nächste Jahr, und ich erzählte ihm weiter von den Karten und Heften. Dabei zeigte ich ihm das Geschenk des kleinen Matalo. Er betrachtete die Karten lange.

Meine neuste Erkenntnis war die folgende:

Ich hatte um die einhundertfünfzig Hefte, aber nur sechsunddreißig Karten. Ich musste die Hefte also so verändern, kürzen oder einige ganz weglassen, dass nur noch sechsunddreißig übrig blieben.

Ich hätte natürlich die Eintragungen auch vollständig verwenden und einhundertfünfzig durch sechsunddreißig teilen können. Dann hätte ich in jedes neue Heft mindestens vier alte hineinzwängen und die Bezeichnungen der einzelnen Karten draufschreiben müssen. Auf diese Weise hätte ich sehr dicke Hefte erhalten, was ich nicht wollte, da die Spielkarten auch dünn sind.

Das alles erzählte ich sehr bildhaft Ahmed Kaya, der sonst weder Bücher noch Zeitschriften liest, nicht einmal türkische. Aber Ahmed Kaya war einst General gewesen. Er hatte mit seiner Armee sogar eine Schlacht gewonnen, war schon einmal ein Bandit und noch viel Schlimmeres gewesen und wusste in jeder Lage das Wesentliche herauszufiltern. Für Menschen seines Charakters ist das etwas ganz Normales. Sie wissen immer, was das Wichtigste ist und wo sie zuschlagen müssen. Anders können sie nicht überleben. Jetzt ist Ahmed Kaya Besitzer eines kleinen Ladens und kein Bandit mehr. Den Instinkt eines Wolfes, die richtige Stelle am Hals des Feindes zu finden, besitzt er immer noch. Den Instinkt behält man. Für ihn sind jedoch alle Geschichten Feinde, die besiegt werden müssen.

Während ich erzählte, fragte er mich plötzlich:

»Wozu das eigentlich?«

In seiner Sprache bedeutet das:

»Wofür brauchst du das?«

Ich sagte, es sei interessant. Er aber erwiderte, dass es keinen Sinn habe, diese Hefte ohne Grund in Spielkarten umzuwandeln. Warum sollten es getrennte Hefte sein, wenn es keinen Grund gibt? Dann wäre es doch besser, die Geschichte als ein Buch zu binden.

Er drückte es nicht genau so aus, aber man konnte sich seinem Gedanken nicht entziehen. Ich dachte ja ähnlich.

»Das sind die Karten, nicht wahr?« Ahmed Kaya schaute die Bilder an. »Komm leg sie mal so hin, wie sie zusammengehören. Vier Reihen von der Kleinsten bis zur Größten, die Farben hintereinander …«

Wir schoben die Teller weg, stellten die Flaschen zur

Seite, machten Platz und legten die Karten in vier Reihen nebeneinander: zuerst die Weinreben nach Zahlenwerten, dann die Brombeeren, schließlich die Disteln und die Säbel.

Ahmed Kaya rauchte und schaute auf die Karten. Er raucht immer sehr ruhig, nicht nervös, und sieht dabei aus wie ein nachdenklicher Mensch.

»Was sollen die Karten eigentlich?«, fragte er plötzlich.

Tatsächlich, was sollen die Karten? Ich denke, es ist ein Spiel.

»Was bedeuten diese Spielkarten überhaupt? Farben, oder was? Trümpfe ... und außerdem ... viermal die Sechs, viermal die Sieben ...«

»Das ist keine Sechs. Es wird anders gezählt ...«

»Es gibt doch viermal die Eins? Die Zwei auch und so weiter, oder?«

»Ja.«

»Also?«

»Also setz dich und schneide Speck.«

»Gibt es bei diesen Geschichten auch welche, die zu den gleichen Symbolen passen würden, ebenso wie eine Farbe zu einer Geschichte?« Ahmed Kaya strich mit seinem Finger über die Brombeerreihe. »Wenn du es wie ein Kartenspiel gestalten willst, müssen die Geschichten auch wie Karten sein. Du sagtest doch, dass sie die Karten zuerst auf einen Karton malen und danach zerschneiden. Male sie doch auch auf einen Karton und zerschneide diesen dann so, dass Farbe und Farbwerte zusammenpassen. Es sind Karten, weiter nichts. Es gibt viele verschiedene Spiele, die mit denselben Karten gespielt werden können, weil es die Farben gibt und alles andere viermal …«

Dann sagte Ahmed Kaya nichts mehr. Ich redete weiter. Nicht vom Inhalt erzählte ich, sondern vom Prinzip, nach dem diese Geschichten angeordnet werden sollten, um vier neunteilige Geschichten zu erhalten, je nach Farbe. Vier aufgereihte Geschichten.

»Nicht nur so«, schüttelte Ahmed Kaya den Kopf und zündete sich eine neue Zigarette an, »sondern auch so. Nicht nur für lang, sondern auch für kurz. Eine Farbe besteht doch aus neun Karten und den Farbwerten – vier Karten. Hier, viermal die Eins, viermal die Zwei, viermal … Wie viel ist das? Das darf nicht einfach so bleiben, sondern es müssten lauter Geschichten sein.« Ich hätte pfeifen können.

»Nicht nur vier Geschichten, sondern noch neun dazu, so dass es in die Länge und in die Breite geht.« Ich pfiff vor Staunen.

»Die Karten sind so gestaltet, dass man mit einem Kartenblatt vieles spielen kann«, sagte Ahmed Kaya entschlossen und verabschiedete mich am nächsten Morgen vor meinem Abflug nach Tiflis.

Wie hätte ich nicht nach London reisen sollen? Ihr seht doch, dass Ahmed Kaya so einiges weiß. Ab und zu ruft er mich an und fragt:

»Kennst du deinen alten Kumpel noch?« Er nennt am Telefon nie seinen alten oder neuen Namen. Er ist ein Flüchtling und ein ganz anderer Mensch. Einer, an den man sich noch heute mit Abscheu erinnert.

Zu Hause sagte man mir, um mich zu beruhigen, ich könne gehen. Natürlich war das schwer für uns. Es waren ja nicht die alten Zeiten, als man des Erwerbs wegen irgendwohin verschwand. Außerdem konnte man nur noch mit Mühe am Boden des Geldbeutels etwas zusammenkratzen. Auch wenn mehr drin gewesen wäre, wollte ich ja nicht nur am Telefon oder über E-Mails Kontakt zu meiner Familie. Das geht mir jedes Mal von neuem so, wenn ich irgendwohin verschwinde.

Meine Frau behauptet, von weitem besehen, scheine ich ein anständiger Mensch zu sein. Von nahem stelle sich aber heraus, dass ich ein wenig spinne. Deshalb lasse ich auch nur schwer jemanden an mich heran. Wenn dies aber passiert ist, schnüre ich sofort mein Gepäck. Meine Geheimnisse kennt jedoch nicht jeder. Gott sei Dank habe ich Freunde an verschiedenen Orten, Menschen verschiedener Nationalität und unterschiedlichen Charakters.

In London ging ich im ersten Monat nicht aus dem Zimmer. Nur ein einziges Mal ins Stadion. Meine Gastgeber meinten, ich gleiche dem Helden einer deutschen Geschichte oder noch mehr einem Poltergeist. Man stellte mir das Essen vor die Tür, wie in alten Pensionen.

Ich glich Griffin, dem unsichtbaren Mann bei Herbert G. Wells. Nur mit dem Unterschied, dass ich mich nicht in den Nächten zum Stehlen ins Haus des Bischofs schlich.

Ich saß da und stellte Listen zusammen.

Jeder Eintrag und jeder noch so kleine Fetzen bekam eine Überschrift und wurde so aufgelistet, dass man sah, was sich in den Heften befand. Außerdem erhielten alle sechsunddreißig Karten des Spiels eine Überschrift.

Auf den Johannesinseln bezeichnet man sie mit nur einem Wort. Das wäre zu kurz. Ich dachte mir für jede Karte eine Beschreibung aus. Ich hatte mich schon früher an Pirosmani erinnert und gab nun den Karten Bezeichnungen in der Art seiner Gemälde. Wie zum Beispiel: Sarkis schenkt Wein ein; Schete stiehlt ein Pferd; Anna, eine kinderlose Millionärin und Eine arme Frau mit Kindern.

Das tut weiter nichts zur Sache. Das Wichtigste war die Schere. Die Geschichten mussten so angeordnet werden, dass sie sich überschnitten. Das war eine angenehme Tätigkeit. Ich hatte eine große Schere, mit der ich die esperantinischen Hefte zerschnitt und danach wieder zusammenklebte. Ich klebte und überklebte.

Während des Klebens hatte ich wieder eine Menge zu schreiben. Viele Aufzeichnungen wurden ausgesondert, aber nicht ganz weggeworfen, sondern meist ein wenig abgeändert. Ich band drei Hefte zu einem, zerlegte ein Heft in drei Teile und war lange damit beschäftigt, bis es endlich dem glich, wovon Ahmed Kaya gesprochen hatte.

Wie ich das schaffte, ist eine andere Sache. Dabei begriff ich, welche Arbeit Filmregisseure haben, wenn sie sich wochenlang ins Schnittstudio einschließen. Nur dass sie es schwerer haben, weil nichts mehr nachträglich gedreht werden kann. Ich dagegen kann so viel dazuschreiben, wie ich will. So oder so, besser konnte ich die johannischen Geschichten, die alten und neuen, die ausgedachten, dazugedichteten oder verkürzten, nicht ordnen. Aber ich schaffte es, die einhundertsoundsovielen Hefte auf sechsunddreißig zu reduzieren und miteinander in Beziehung zu bringen.

Jedes Büchlein erhielt als Überschrift die Bezeichnung der Spielkarten. Ich gab jeder der vier langen Geschichten einen Titel und den neun kleinen Geschichten noch jeweils einen eigenen Titel. In diesem Durcheinander entdeckte ich, dass die Hefte so angeordnet waren, dass gar keine Verknüpfung miteinander mehr nötig war. In jedem Heft wurde eine gesonderte kleine Geschichte erzählt.

Folgendes ist also herausgekommen: Die vier langen Geschichten setzen sich aus neun kurzen oder sechsunddreißig kleinen zusammen. Man kann also aus der Schachtel ein beliebiges Heft herausziehen und es als getrennte Geschichte lesen. Man braucht dafür die anderen nicht unbedingt zu lesen.

Ein Sack voller Märchen ist daraus geworden, oder etwas Ähnliches …

Zwar gefiel mir das, ich ließ es aber nicht dabei bewenden. Ich setzte die Korrektur fort und musste nun wegen des vielen Hin und Hers Inhaltsangaben hinzufügen, wie man diese sechsunddreißig Hefte lesen kann. Das ist aber nichts Endgültiges, wie ich noch erklären werde.

Die Inhaltsverzeichnisse dieses in Heften geschriebenen Buches sind mit kurzen Kommentaren versehen:

Die erste Farbe des esperantinischen Kartenblatts ist die Weinrebe, auch als Weintraube bezeichnet. Die Weinrebenkarten haben als niedrigsten Wert eine Weintraube und als höchsten den Schultheiß, der in einer Hand eine Hacke hält, in der anderen eine Weintraube.

Diese neunteilige Reihe heißt »Das Buch der Zurufe«. Darin ist nichts Romanhaftes oder dergleichen, was heute für Bücher so unumgänglich ist. Vielmehr wird die Geschichte und der Alltag der Johannesinseln, auch Santa Esperanza genannt, beschrieben. Es sind einige Geschichten darunter, die von den Inselbewohnern jahrhundertelang bewahrt und überliefert wurden, und auch einige Geheimnisse, die den Leser zur Lektüre der anderen Hefte anregen sollen.

Das Inhaltsverzeichnis dieser neunteiligen Geschichten sieht so aus:

Das Buch der Zurufe

1. Weintraube
2. Zwei mit Weintrauben geschmückte Häuser
3. Drei Ochsen mit Weintrauben an den Hörnern
4. Zwei mit Weintrauben beladene Ochsengespanne
5. Fünf Hacken und Weintrauben
6. Mädchen mit Krug und Weintrauben
7. Ziege mit vollem Weintraubenkorb
8. Ochsentrinkhorn und Weintrauben
9. Der Schultheiß mit Hacke und Ochsentrinkhorn

Im esperantinischen Spiel ist die zweite Farbe die Brombeere. Sie beginnt mit einer Hand voll Brombeeren und endet mit dem Bauer, der an einem brennenden Brombeerstrauch steht.

Das Buch dieser Reihe beschreibt das Leben eines jungen Mannes in Santa City. Es wäre unnötig, an dieser Stelle des Inhaltsverzeichnisses mehr darüber zu erzählen. Die ganze Brombeergeschichte heißt:

Das Buch vom Fremdsein des ergebenen Scharmadin* am Ufer des Kara Deniz**

Das Inhaltsverzeichnis sieht so aus:

1. Eine Hand voll Brombeeren
2. Brombeerstrauch und zwei Hände
3. Drei Wetzsteine und ein Korb voll Brombeeren
4. Vier Brombeersträucher
5. Fünf Ferngläser und ein Brombeerstrauch
6. Ein Korb voll Brombeeren und die Witwe
7. Mit Brombeerkörben beladener Esel
8. Brombeer-Dörrobstkette
9. Bauer am brennenden Brombeerstrauch

Danach folgt die dritte Farbe, die der Distel, eines stacheligen Unkrauts, das auf dieser Insel Budsgi genannt wird. Die Reihe beginnt mit einer einfachen Distelblüte und endet mit dem Scharmadin, der seine Pfeife mit einer brennenden Distel anzündet. Ich muss dazu sagen, dass Scharmadin weder im vorangehenden Buch noch in diesem ein Vorname ist. Diese Geschichte heißt »Das Buch des unglückseligen Tigers« und darin ist hui, hui, vom Schicksal der Frauen die Rede:

* Scharmadin – früher Amt am Hofe: rechte Hand des Königs, heute auch als Vorname gebräuchlich

** Kara Deniz – türkische Bezeichnung für das Schwarze Meer

Das Buch des unglückseligen Tigers

1. Distelblüte
2. Zwei Sicheln und eine Distelblüte
3. Ein Boot voller Disteln mit drei Paddeln
4. Großes Boot mit Kanonen und Distelbündeln
5. Ein Blitz vom Himmel und brennende Disteln
6. Verliebtes Paar im Distelfeld
7. Disteln fressendes Maultier
8. Pfeife und Distel
9. Der Scharmadin zündet seine Pfeife mit einer brennenden Distel an

Und gleich folgt die letzte, neunteilige Reihe, die dem Wesen des Säbels entsprechend zusammengestellt wurde. Sie beginnt mit einem Messer mit schwarzem Griff und endet mit dem Säbel schwingenden Burgvogt. Wie in jeder Säbelgeschichte werden auch in dieser die Säbel geschwungen. Einige beginnen und andere beenden hier ihr Leben.

Deshalb heißt die Säbelgeschichte:

Das Buch vom Ausreißen und Sterben

Der Inhalt ist in bereits bekannter Reihenfolge von der ersten bis zur letzten Karte angeordnet:

1. Messer mit schwarzem Griff
2. Zwei blinde Kundschafter mit Säbeln
3. Drei sehende Kundschafter
4. Der Hauptmann mit zwei Säbeln und zwei Dolchen
5. Die Mütze des Feldherrn und fünf Säbel
6. Baschlik* tragende Frau mit Säbel
7. Geldsack, Peitsche und Säbel
8. Bärenfell mit Säbeln behängt
9. Der Burgvogt mit einem großen Säbel

Das ist das Inhaltsverzeichnis der vier neunteiligen Geschichten. Die anderen werden später aufgezählt, denn das Niederschreiben von Inhaltsverzeichnissen kann sehr nützlich sein.

Da ich schon einmal dabei war, machte ich mich an die vierteiligen Geschichten und gab den neun Geschichten Überschriften. Den Geschichten in der Längsreihe folgen also die Geschichten in der Querreihe. Das sind kurze Geschichten, die aus den vier Längsgeschichten

* Baschlik – kaukasische Kapuze mit langen Zipfeln, die um den Kopf oder Hals geschlungen werden

quer abgeleitet sind. Mathematisch berechnet entspricht der Umfang der vier neunteiligen Geschichten genau dem der neun vierteiligen. Wie könnte es auch anders sein! Der Umfang der neun vierteiligen und vier neunteiligen Geschichten entspricht genau dem der sechsunddreißig einzelnen kleinen Erzählungen. Von solcher Mathematik war ich erneut begeistert.

Die neun vierteiligen Geschichten beinhalten genau das Gleiche wie die vier neunteiligen, nur anders angeordnet: Man liest sie nach dem Kartenwert des Spielblattes. Zum Beispiel die Einerkarten in der klassischen johannischen Farbfolge: Weintraube, Brombeere, Distel, Säbel. Diese Einerreihe heißt:

Hefte von der Liebe des einsamen Genuesen

1. Weintraube
2. Eine Hand voll Brombeeren
3. Distelblüte
4. Messer mit schwarzem Griff

Dieser Geschichte folgt gleich die Zweierreihe, die die Erstere wie eine Decke umhüllt. Darin wird aus dem Leben jenes jungen Mannes berichtet, der mit dem jungen Mann aus der Geschichte des ersten Vierteilers bekannt ist, die in den Heften des Genuesen erzählt wird. Dieser Teil heißt:

Das Buch des Reißaus nehmenden Inti-Spielers, Inti-Spieler aber bedeutet auf Johannisch Kartenspieler.

Die Anordnung der Hefte ist wie üblich:

1. Zwei mit Weintrauben geschmückte Häuser
2. Brombeerstrauch und zwei Hände
3. Zwei Sicheln und eine Distelblüte
4. Zwei blinde Kundschafter mit Säbeln

Dem folgt das Abenteuer und die Qual der Geliebten des Inti-Spielers im folgenden Vierteiler mit dem Titel:

Geschichten von der Klagefrau und vom Leben

Die Reihenfolge der Hefte ist:

1. Drei Ochsen mit Weintrauben an den Hörnern
2. Drei Wetzsteine und ein Korb voller Brombeeren
3. Ein Boot voller Disteln mit drei Paddeln
4. Drei sehende Kundschafter

Und da bereits viele Länder eine Königin hatten, lässt die vierte Geschichte dieser Reihe nicht auf sich warten und heißt:

Die Beschreibung der letzten dreihundertfünfzig Tage im Leben der Küstenkönigin

Darin sind die Hefte folgendermaßen angeordnet:

1. Zwei mit Weintrauben beladene Ochsengespanne
2. Vier Brombeersträucher
3. Großes Boot mit Kanonen und Distelbündeln
4. Der Hauptmann mit zwei Säbeln und zwei Dolchen

Für das Inti-Spiel genügt eine Geschichte, beispielsweise die des Reißaus nehmenden Spielers, nicht. Deshalb entstand eine fünfte vierteilige Reihe:

Die Leistungen der Nachkommen der Medrosche*

1. Fünf Hacken und Weintrauben
2. Fünf Ferngläser und ein Brombeerstrauch
3. Ein Blitz vom Himmel und brennende Disteln
4. Die Mütze des Feldherrn und fünf Säbel

An dieser Stelle muss ich erwähnen, dass ich während meines Aufenthalts in Santa City mehrere Male das örtliche Geschichtsmuseum besuchte, das sich in der alten Zitadelle befindet. Der Direktor des Museums, auch Vorsit-

* Medrosche – früher: Fahnenträger

zender oder Präsident genannt, war ein hochbetagter, berühmter Mann der Insel. Er kam jedoch nicht mehr ins Museum. Monica, die mit der Familie des Herrn Museumsdirektors befreundet war, erzählte mir seine Geschichte und dabei entstand:

Die Tage des Letzten seiner Familie

1. Mädchen mit Krug und Weintrauben
2. Ein Korb voll Brombeeren und die Witwe
3. Verliebtes Paar im Distelfeld
4. Baschlik tragende Frau mit Säbel

Es wäre schlecht, wenn ein Vagabund wie ich die anderen Vagabunden der Stadt nicht beachten und nichts von ihnen erfahren würde. In ihrer Geschichte findet sich wahrscheinlich viel Hinzugedichtetes, das dem Leser wie ein Märchen vorkommt. Ich kam um diese Menschen nicht herum und es entstand:

Ein Bündel Geschichten aus dem Leben der Armseligen Gottes

1. Ziege mit vollem Weintraubenkorb
2. Mit Brombeerkörben beladener Esel
3. Disteln fressendes Maultier
4. Geldsack, Peitsche und Säbel

Da ich die Vagabunden nicht vergaß, konnte ich auch deren König unmöglich auslassen. Der Leser mag denken, er sei erfunden oder Blödsinn, ich weiß aber, dass viele extra ins Strandviertel kamen, um diesen Mann zu sehen und zu hören. Er heißt Luka, die kurze Reihe seiner Geschichten aber:

Lobpreisungen des Schriftstellers Luka

In vier Heften sind um die zwanzig Geschichten aus dem Leben Lukas untergebracht, die mir die Menschen erzählten oder die in den alten Zeitschriften zu finden waren.

1. Ochsentrinkhorn und Weintrauben
2. Brombeer-Dörrobstkette
3. Pfeife und Distel
4. Bärenfell mit Säbeln behängt

Die letzte Viererreihe aber ist die herzzerreißende Geschichte eines alten Volkes, welches auf einer der Inseln Santa Esperanzas lebt. Man nennt es die Sungalen. Diese Reihe heißt:

Quellen über den Fall des Sungalenlandes

1. Der Schultheiß mit Hacke und Ochsentrinkhorn
2. Bauer am brennenden Brombeerstrauch

3. Der Scharmadin zündet seine Pfeife mit einer brennenden Distel an
4. Der Burgvogt mit einem großen Säbel

Als ich mit all dem fertig war, ging ich in den Hollandpark, um mich mit den Füchsen zu unterhalten. Es ist ja bekannt, dass es in London mehr Füchse gibt als streunende Hunde in Tiflis. Im Hollandpark ist es ein Leichtes, mit Füchsen zu sprechen und sie zu füttern. Ich weiß nicht, ob es am schlechten Wetter lag oder an etwas anderem, dass diesmal kein einziger Fuchs zum Vorschein kam, obwohl ich lange an der markierten Stelle saß.

Vielleicht war ihnen der Nieselregen unangenehm. Ich liebte es dagegen, mich im Regen herumzutreiben oder nur dazusitzen, meines Erachtens die wichtigste Kraftübung. Das finden die heutigen Ärzte sicher nicht gut, die alten jedoch würden dem zustimmen. Während ich also bei diesem Nieselregen und Nebel in Erwartung der Füchse vollkommen nass wurde, dachte ich mir etwas aus.

Wenn man wie ein Erstklässler zählt, waren es dreizehn Geschichten Zeile für Zeile, parallel zueinander und längs, senkrecht und waagerecht, aber ist das nicht zu viel Mathematik?

In Mathe war ich zwar schwach, begriff aber dennoch, dass an den Schnittstellen, wo sich die langen und kurzen Geschichten kreuzten, neue Hefte entstanden. Man kann schließlich dieses Buch der Geschichten nicht nur entlang der geraden Linien lesen. Das tut nichts zur Sache, wenn man es aber überdenkt, müssten aus diesen sechsunddreißig Heften nicht nur linear angeordnete Geschichten entstehen. Es könnten auch andere Abenteuer herausgeschmolzen werden, wenn man die Hefte richtig auswählt und anordnet.

Also gab es wieder Arbeit. Deshalb ist das Erzählen der Geschichten in einzelnen Heften günstiger. Man braucht nicht alle Hefte hintereinander zu lesen. Wenn man sich für eine Geschichte aus dem Inhaltsverzeichnis interessiert, sucht man sich die entsprechenden Hefte heraus, legt diese der Reihe nach hin und liest sie so.

Ich suchte einige Personen aus den sechsunddreißig Heften heraus und legte die entsprechenden Büchlein nebeneinander. Dabei entstand Folgendes:

Leben und Taten des Chetia aus der Familie des ehemaligen Priesters

1. Der Schultheiß mit Hacke und Ochsentrinkhorn
2. Drei Wetzsteine und ein Korb voller Brombeeren
3. Vier Brombeersträucher
4. Baschlik tragende Frau mit Säbel
5. Zwei blinde Kundschafter mit Säbeln
6. Messer mit schwarzem Griff
7. Ein Boot voller Disteln
8. Ziege mit vollem Weintraubenkorb

9. Drei sehende Kundschafter
10. Disteln fressendes Maultier
11. Der Hauptmann mit zwei Säbeln und zwei Dolchen
12. Bauer am brennenden Brombeerstrauch
13. Der Scharmadin zündet seine Pfeife mit einer brennenden Distel an
14. Zwei mit Weintrauben beladene Ochsengespanne
15. Der Burgvogt mit einem großen Säbel

Chetia, den Helden von »Leben und Taten …«, traf ich nicht mehr auf den Inseln an. Man konnte sich aber noch an ihn erinnern, sehr gut sogar. Deshalb suchte ich mir aus den ungeordneten Heften, wie beim Kartenspiel, ganz leicht das Nötige heraus.

Dem gütigen Museumsdirektor wird im Inhaltsverzeichnis schon eine vierteilige Geschichte gewidmet. Der Königin ebenso. Doch ihre Beziehung zueinander sollte man ebenfalls näher betrachten. In den Heften verstreut, findet man noch einen Alten, einen sehr mächtigen und beachtenswerten. Aus dem Leben dieser drei ehrwürdigen Menschen kann man noch einen Geschichtenband zusammenstellen:

Das Buch der drei alten Könige

Dessen Hefte sind wie folgt angeordnet:

1. Zwei mit Weintrauben beladene Ochsengespanne
2. Eine Hand voll Brombeeren
3. Zwei mit Weintrauben geschmückte Häuser
4. Drei Wetzsteine und ein Korb voller Brombeeren
5. Mädchen mit Krug und Weintrauben
6. Vier Brombeersträucher
7. Weintraube
8. Zwei Sicheln und eine Distelblüte
9. Ein Korb voll Brombeeren und die Witwe
10. Zwei blinde Kundschafter mit Säbeln
11. Der Hauptmann mit zwei Säbeln und zwei Dolchen
12. Ein Blitz vom Himmel und brennende Disteln
13. Verliebtes Paar im Distelfeld
14. Großes Boot mit Kanonen und Distelbündeln
15. Der Scharmadin zündet seine Pfeife mit einer brennenden Distel an
16. Messer mit schwarzem Griff
17. Bauer am brennenden Brombeerstrauch
18. Baschlik tragende Frau mit Säbel

In diesem neuartigen Inhaltsverzeichnis konnten natürlich die Liebesgeschichte und deren zahlreiche Verzweigungen nicht außer Acht gelassen werden. Aus diesem Grund ist das folgende Buch entstanden:

Wisramiani, ein Buch über das Leben der beiden Liebenden

Ich gliederte dieses Buch in vier gleiche Teile und setzte ein Schlusswort hinzu, natürlich auch in Heftform. Die Liste sieht so aus:

Früher

1. Eine Hand voll Brombeeren
2. Drei Wetzsteine und ein Korb voller Brombeeren
3. Distelblüte
4. Vier Brombeersträucher

Später

5. Mädchen mit Krug und Weintrauben
6. Brombeer-Dörrobstkette
7. Ein Korb voll Brombeeren und die Witwe
8. Bauer am brennenden Brombeerstrauch

Noch Später

9. Ein Blitz vom Himmel und brennende Disteln
10. Pfeife und Distel
11. Zwei Sicheln und eine Distelblüte
12. Messer mit schwarzem Griff

Zum Schluss

13. Bärenfell mit Säbeln behängt
14. Die Mütze des Feldherrn und fünf Säbel

15. Der Scharmadin zündet seine Pfeife mit einer brennenden Distel an
16. Baschlik tragende Frau mit Säbel

Ganz zum Schluss

17. Der Burgvogt mit einem großen Säbel

Jetzt komme ich an die gefährliche Stelle, zu jener eigenartigen Laube, in die mich dieses neuartige Inhaltsverzeichnis führte. Erst nachdem ich die drei verschiedenen Inhaltsverzeichnisse erstellt hatte, begriff ich, dass man aus den sechsunddreißig Heften unendlich viele Buch-Büchlein und Lebensgeschichten verschiedenen Umfangs und Inhalts machen kann.

Diese sechsunddreißig von mir geklebten Hefte erzählen beliebig viele Geschichten über die Johannesinseln, auch Santa Esperanza genannt, über das dortige Herzensleid oder die Herzensfreuden.

Deshalb verzichtete ich darauf, neue Büchlein daraus zu erstellen. Einerseits sind die interessantesten Geschichten schon gebunden, anderseits kann jeder, der die Hefte in der Hand hat, beliebig damit verfahren: Wenn einer nichts zu tun hat, kann er alle meine Inhaltsangaben umstellen: neun kurze und vier lange, drei aus dem Durcheinander herausgezogene Hefte, so wie man aus einer Kartenpackung reihum einige herauszieht. Nur kann man diese sechsunddreißig Hefte selbst nicht mehr verändern. Aber selbstverständlich kann man nach Gutdünken neue Hefte hinzufügen: Das esperantinische Inti spielt man sowieso besser mit zwei Kartenblättern, also mit zweiundsiebzig Karten. Alles ist in den Händen des Lesers, der so zum Schreibenden werden kann.

So steht es also um Bücher, die als einzelne Hefte geschrieben sind. Besonders, wenn man wenig Ahnung von Mathematik und vom Kartenspiel hat.

Den Fortsetzenden, Nachdichtenden und Hinzufügenden kann ich aber mit den Worten Marco Polos, des coolsten aller Berichterstatter, Mut zusprechen, dessen letzte Worte vor seinem Tod waren:
»Ich habe nicht die Hälfte von dem erzählt, was ich gesehen habe!«

Deshalb denke ich, dass jeder im Schreiben geübte Mensch zum Erzählten etwas Kluges hinzufügen kann. Wenn einer aber etwas hinzufügt, sollten es gleich vier Hefte sein. Wer zu faul ist, kann sich auf den leeren letzten Blättern der sechsunddreißig Hefte im Schreiben üben. Ich werde ihm aufrichtig zur Seite stehen, wenn es irgendwelche Fragen zu Santa Esperanza, also zu den Johannesinseln, gibt.

Ich habe dort viele Freunde. Es sind gute Menschen und das Leben dort ist voller Wahrheit. Dort gibt es das Meer und die alte Zitadelle. Für die Liebe zwischen Jungen und Mädchen gibt es jedoch sieben verschiedene Bezeichnungen. Es gibt vieles, wonach man Sehnsucht bekommt, und wenn jemand beim Schreiben etwas benötigt, stehe ich, was die Inseln betrifft, als Berater gerne zur Verfügung.

Überhaupt kann man diese Hefte auch von Anfang bis Ende lesen: angefangen bei den Weinrebenheften, von dem niedrigsten bis zum höchsten. Danach, nach dem gleichen Prinzip die Brombeerhefte, dann die Distelhefte und ganz zum Schluss die Säbelhefte, die mit dem höchsten Blatt, dem Burgvogt mit einem großen Säbel, enden. Ich entdeckte noch eine Besonderheit: Wenn man sich entscheidet, alle Hefte zu lesen, ist es egal, wo man beginnt. Man muss nur das Gelesene mit einem Kreuz kennzeichnen und dann zu einem anderen Heft greifen. Die Geschichte wird so oder so verständlich, egal in welcher Anordnung.

Eines muss ich noch hinzufügen. Dieses Buch besitzt eine weitere Eigenschaft, die auch fürs Kartenspiel typisch ist: Man kann von den sechsunddreißig Karten oder Heften eins, zwei, drei oder vier verlieren, aber dennoch weiterspielen.

So oder so, ich flog endlich aus London weg und erreichte Tiflis. Ein Vagabund zu sein ist ein gutes Handwerk, aber die Gewohnheiten eines Vagabunden sind oft eigentümlich. Ich kehre zum Beispiel immer früher als ausgemacht zurück: Wenn ich sage, dass ich am 28. abends da bin, komme ich tatsächlich am 27. an. Zu Hause tut man so, als ob man mich nicht erwarten würde, aber sie haben sich meinen Trick gemerkt und warten deshalb bereits auf mich. Als ich diesmal ankam, verkündete ich:

»Wenn man nicht weggeht, bekommt man keine Sehnsucht nach dem Zuhause.«

Das ist ein banaler Gedanke.

Meine Frau aber sagte:

»Nun stehen wir auch noch in seiner Schuld. Als wenn er deshalb weggehen würde, um Sehnsucht nach uns zu bekommen.«

»Kann sein, dass man an eines denkt und dabei etwas anderes herauskommt«, gab ich ein bisschen nach.

»Ja, etwas ganz anderes«, erwiderte meine Frau.

Ich aber zog die gebündelten Hefte aus der Tasche und legte sie auf den Tisch. Das war's, und was kann man sonst noch erzählen? Es steht in den Heften. Auch auf deren Umschlägen, wahrscheinlich.

Aka Morchiladze

Tbilissi* – Istanbul – Saint-John-Zitadelle – Trabzon – Tbilissi – London – Tbilissi

5. September 2003 – 19. April 2004

* Tbilissi – georgische Schreibweise und Bezeichnung für Tiflis, heute meistens so gebräuchlich.

Aka Morchiladze, geboren 1966 in Tiflis, gehört zu den bekanntesten georgischen Schriftstellern der Gegenwart. Für seine Romane erhielt er die wichtigsten Literaturpreise seines Landes, eines seiner Bücher wurde bereits verfilmt. Er studierte Geschichte an der staatlichen Universität von Tiflis und war nach seinem Abschluss selbst an der Universität tätig. In den 90er Jahren begann er als Reporter für eine bekannte Tageszeitung zu arbeiten und arbeitet heute als freier Sportjournalist. Außerdem ist er Autor einer eigenen Fernsehsendung zur Geschichte Georgiens und verfasst Skripts für Soaps und Filme.

Die Originalausgabe erschien 2004 unter dem Titel »Santa Esperanza« im Bakur Sulakauri Verlag, Tiflis, Georgien.

Coverillustrationen: Aka Morchiladze
Umschlaggestaltung: HildenDesign, München
Gesetzt aus der Weiss
Gesamtherstellung: Fuldaer Verlagsanstalt, Fulda
Printed in Germany
ISBN-10: 3-86612-094-X
ISBN-13: 978-3-86612-094-5

Inhaltsverzeichnis des Herumtreibens,

der Spielkarten und tausenderlei anderer Dinge:
Zur aufmerksamen Lektüre unentbehrlich für jene, welche sich entschlossen haben, diese Hefte zu lesen. Denn eben hier sind alle möglichen Verzeichnisse des in Hefte unterteilten Buches angegeben, ohne die man keinen Anfang und kein Ende findet, obwohl weder Anfang noch Ende unbedingt verstanden werden müssen.